RÈGLEMENT

GÉNÉRAL

POUR LE SERVICE INTÉRIEUR

DES BUREAUX

DE LA TAXE D'ENTRETIEN

DES ROUTES.

Place de Châlons, et dépendances.

A CHAALONS,

Chez PINTEVILLE-BOUCHARD, Imprimeur, Place du Marché.

Floréal an VII.

DROIT DE PASSE.

<table>
<tr><td>B A I L
du C.en
PESME-TAUSSERAT,</td><td></td><td>DÉPARTEMENT
D E
L A M A R N E.</td></tr>
<tr><td>Du 11 Floréal,
an VII.</td><td></td><td>CHALONS,
et dépendances.</td></tr>
</table>

R È G L E M E N T
G É N É R A L

Pour le service intérieur des Bureaux de la Taxe d'entretien des Routes.

LES citoyens PESME-TAUSSERAT, SERGENT-SALMON, WIOTTE, LEGRAND et VIOT, réunis en société pour l'exécution des adjudications du droit de passe des barrières de Porte-Marne de Châlons, de Sommesous, Sézanne, Tourneloup, Étoges et Chaintry, faites au C.en PESME-TAUSSERAT, le 1.er floréal an VII, par l'Administration centrale du département de la Marne, dont la jouissance a commencé le 11 du même mois, pour finir au 1.er germinal an X ;

Reconnaissant la nécessité d'un règlement général, tant pour la police intérieure des bureaux de chaque barrière que pour la comptabilité et l'exécution des diverses lois et décisions relatives au droit de passe, ont arrêté administrativement l'exécution stricte des articles qui suivent.

A 2

DISPOSITIONS GÉNÉRALES.

TITRE PREMIER.

ARTICLE PREMIER.

Il sera nommé, parmi les administrateurs, un receveur général et un contrôleur.

I I.

Le receveur général sera chargé de la comptabilité en recette et dépense, de la correspondance, et généralement de toutes les pièces qui concernent l'administration.

I I I.

Le contrôleur vérifiera la tenue des bureaux, arrêtera les registres des receveurs, ordonnera les versemens dans la caisse du receveur général, et visera toutes les pièces de recette et dépense.

I V.

Les bureaux de chaque barrière seront composés d'un receveur en chef, d'un receveur en second, et, au besoin, d'un troisième receveur, suivant la localité des barrières.

V.

Le receveur en chef sera chargé de recevoir les droits dûs au passage, et d'en faire l'enregistrement.

V I.

Le receveur en second surveillera le passage des voitures, tant à la barrière que dans les détours qu'elles pourraient prendre sur les routes pour éviter de payer les droits ; il sera particulièrement chargé de l'ouverture et fermeture de la barrière, et de demander le droit conforme au tarif ; il remplacera au besoin le receveur en chef.

V I I.

Le receveur en troisième remplira les mêmes fonctions que le receveur en second ; mais il sera spécialement chargé d'aller sur tous les points des routes voisines, s'assurer de la régularité des voitures dans leur marche, et s'il ne se commet aucune fraude sur le nombre des chevaux.

V I I I.

Les receveurs de tout grade ne pourront exercer leurs fonctions, s'ils n'ont prêté serment devant le juge de paix du canton. Chacun d'eux aura droit de dresser procès-verbal contre les contribuables qui frauderaient le droit.

I X.

Les appointemens des receveurs seront déterminés par un arrêté particulier des administrateurs du droit de passe ; il en sera fait mention sur la commission de chaque employé.

X.

Les receveurs auront droit au quart des amendes qui seront prononcées légalement pour raison de fraudes commises à leur barrière, ou pour tous les autres cas amendables prévus par les lois.

X I.

Les receveurs seront payés, tous les mois, de leurs

appointemens sur leur quittance particulière , par le receveur général de l'administration.

X I I.

Les frais de bureau , tels que papier, encre, plumes ,
bois et chandelle, seront au compte des receveurs. Ils
seront tenus d'avoir constamment de la lumière dans
leur bureau, pendant les nuits d'été et d'hiver, pour être
à même d'en suivre les opérations.

X I I I.

Les gardes champêtres de chaque commune auront
droit à une rétribution de 6 francs sur l'amende qui serait
prononcée, lorsqu'ils auront aidé à découvrir les contribuables qui éluderaient le passage aux barrières.

X I V.

Les receveurs ne devant pas se considérer comme spécialement affectés à une barrière, il sera libre aux administrateurs de les faire passer d'un bureau à l'autre, toutes
les fois qu'ils le jugeront convenable à l'intérêt de l'administration.

X V.

Les administrateurs étant inspecteurs nés des opérations
de chaque bureau, les receveurs seront tenus de leur
exhiber à toute réquisition leurs registres, pour en véri-
fier les enregistremens.

X V I.

Il est défendu aux receveurs de laisser entrer et séjour-
ner au bureau autres personnes que les contribuables.

XVII.

Les administrateurs fixant le point central de leur administration au bureau de leur receveur général à Châlons, toutes les lettres, pétitions et réclamations relatives au service du droit de passe, lui seront adressées, pour qu'il n'y ait aucun retard dans la correspondance.

COMPTABILITÉ.

TITRE II.

ARTICLE PREMIER

LES receveurs, suivant leur grade, fourniront un cautionnement en valeur effective, qui sera déterminé par l'administration, ainsi que chaque commission l'énoncera.

II.

L'intérêt du cautionnement sera payé aux receveurs, tous les ans, au taux reconnu par la loi; et fin du bail de l'administration, il sera remis en entier à chaque dépositaire.

III.

Le cautionnement se réalisera dans la quinzaine qui suivra la délivrance de la commission, entre les mains du receveur général de l'administration; passé lequel temps, s'il n'est effectué, il sera nommé à l'emploi du commissionné; et ce dernier ne pourra réclamer aucun traitement pour raison de sa gestion jusqu'au moment de son remplacement.

I V.

Le cautionnement n'étant pour les administrateurs qu'une garantie des droits confiés aux receveurs des barrières, et de la fidélité des sommes qu'ils en reçoivent,

Tout receveur qui sera convaincu, soit d'avoir traité avec des voyageurs au détriment du tarif, soit de ne point avoir fait l'enregistrement du paiement d'un contribuable, ou d'avoir détourné, à son profit, une somme quelconque, non-seulement sera révoqué sur-le-champ, mais encore la totalité de son cautionnement sera acquise de droit au profit de l'administration, quelle que soit la modicité de la fraude.

V.

Nulle commission ne sera expédiée à aucun employé, qu'il ne lui soit donné connaissance de l'article ci-dessus. Il lui sera en même temps remis un exemplaire du présent règlement.

V I.

Lors du dépôt du cautionnement, les articles du règlement qui y sont applicables seront rappelés dans le récépissé qui sera délivré au commissionné, afin qu'il n'en ignore.

V I I.

Le receveur en chef étant personnellement responsable de la recette, il veillera à ce qu'en cas d'absence de sa part, les enregistremens qui pourraient être faits par le receveur en second, soient exacts et conformes au tarif.

V I I I.

Les registres seront tenus dans le plus grand ordre et propreté, sans rature ni surcharge ; ils seront constamment fermés, et ne devront être ouverts qu'au moment de faire les enregistremens.

I X.

Tout receveur qui percevra au-delà du droit voulu par les lois et tarifs, sera poursuivi comme concussionnaire ; et les frais en résultant seront prélevés sur son cautionnement.

X.

Les receveurs seront tenus de compter, tous les cinq jours, du produit de leur barrière, et d'en verser les fonds dans la caisse du receveur général de l'administration. Ce versement ne pourra avoir lieu que sur un duplicata de l'arrêté du registre, visé par le contrôleur de l'administration chargé de la vérification des registres, ou en son absence, par l'un des administrateurs.

X I.

Il sera délivré par le receveur général, un récépissé des sommes qui lui seront versées ; et chaque receveur de barrière sera tenu de présenter, par trimestre, son compte général de recette, appuyé des quittances qui serviront à l'apurement de son compte.

X I I.

Le premier trimestre comprendra seulement depuis le 11 floréal an VII, jusqu'au 30 prairial inclus, même année ; le deuxième, à partir du 1.er messidor an VII, au sixième jour complémentaire inclus, et ainsi de suite.

X I I I.

Attendu l'éloignement des diverses barrières , s'il arrivait que le contrôleur de l'administration ne pût se rendre sur les lieux pour viser et arrêter les registres, conformément à l'article X ci-dessus , les receveurs en chef de chaque barrière, seront tenus d'acquitter les mandats qui seront tirés sur leur caisse par le receveur général de l'administration , visés du contrôleur : les mandats acquittés seront reçus en paiement , lors de l'arrêté de leur registre et de leur compte de trimestre avec le receveur général.

X I V.

Les receveurs ne compteront qu'en bonne monnaie : toute celle reconnue fausse lors du versement, restera pour leur compte.

C O N T E N T I E U X.

T I T R E I I I.

A R T I C L E P R E M I E R.

LES procès-verbaux de fraude ou de contraventions aux lois , seront rédigés et signés par les receveurs qui auront été témoins des faits ; ils seront affirmés devant les juges de paix de l'arrondissement , dans les vingt-quatre heures , et enregistrés au bureau des domaines, au plus tard dans les trois jours.

I I.

Ces formalités remplies , le receveur en chef fera de suite passer aux administrateurs copie du procès-verbal , afin qu'il soit donné par eux des ordres ultérieurs pour les poursuites à faire.

I I I.

Chaque receveur en chef sera tenu d'enregistrer, sur un registre particulier paraphé par l'administration , tous les procès-verbaux qu'il pourra rédiger contre les contribuables, pour y avoir recours au besoin.

I V.

Les lois des 3 nivôse an VI et 14 brumaire an VII, concernant les droits de passe, ayant prévu toutes les difficultés qui pourraient survenir dans la perception , chaque receveur doit s'en faire une étude particulière, pour en faire une juste application au besoin.

POLICE.

TITRE IV.

ARTICLE PREMIER.

LES bureaux seront tenus dans la plus grande propreté. Le receveur en chef veillera à ce que les divers lois et arrêtés qui sont et seront par la suite placardés dans l'intérieur, soient conservés dans leur entier, pour y avoir recours au besoin.

I I.

Le receveur en chef de chaque bureau donnera un, récépissé de tous les effets mobiliers qui lui seront confiés ; à la fin du bail, il sera tenu de les représenter , sinon la valeur lui en sera retenue sur son cautionnement.

I I I.

Les receveurs en chef et seconds, seront tenus de se loger dans les bureaux établis à chaque barrière , et ne pourront, sous aucun prétexte, coucher ailleurs.

I V.

Chaque nuit, l'un d'eux veillera alternativement pour assurer la recette, et ouvrir la barrière aux voyageurs ; de manière qu'en cas de rebellion , il puisse trouver secours dans le receveur qui sera à l'intérieur du bureau.

V.

Dans les bureaux où il se trouvera trois receveurs , l'un d'eux pourra, à tour de rôle, coucher au dehors; mais jamais le bureau, pendant la nuit , ne sera abandonné aux soins d'un seul employé.

V I.

S'il arrivait que l'un des receveurs tombât malade , il en serait, de suite, donné avis à l'administration , pour qu'il soit pourvu provisoirement à son remplacement.

V I I.

Il est expressément défendu de boire dans les bureaux, hors les heures de repas. Lorsqu'un employé sera surpris dans l'ivresse, ou qu'il en sera donné connaissance à l'administration, elle sévira de suite contre lui.

VIII.

Le receveur en chef, ayant la principale police dans le bureau, dénoncera, par écrit, à l'administration, les abus qui peuvent préjudicier à la perception, et être réformés. Les administrateurs recevront toujours avec plaisir les avis que ces receveurs leur feront passer, pour prévenir les fraudes et assurer le service; ils sauront en tenir bon compte à ceux des receveurs qui les leur donneront.

IX.

Il est aussi défendu aux receveurs d'employer aucunes menaces, injures, voies de fait envers les contribuables; ils doivent se borner, quand ils seront insultés, ou qu'on refusera de payer les droits, à déclarer et dresser procès-verbal contre les contrevenans, et à requérir la gendarmerie au besoin, pour les arrêter et les conduire devant le juge de paix.

X.

Dans les communes où il n'y a pas de gendarmerie, pour prêter main-forte, les receveurs requerront de l'agent municipal un détachement de la garde nationale, et, en cas de refus, dresseront procès-verbal.

XI.

Les barrières seront constamment fermées, jour et nuit, conformément à l'art. XLIII de l'arrêté du Département, du 16 vendémiaire an VI, et ne seront ouvertes au contribuable, qu'après en avoir acquitté le droit, et que l'enregistrement en sera fait.

X I I.

Les receveurs qui auront besoin de s'absenter du bureau, pour un ou plusieurs jours, seront tenus d'en demander la permission, par écrit, à l'administration : ils ne pourront néanmoins quitter leur poste qu'après l'avoir obtenue par écrit, et avoir été remplacés provisoirement.

X I I I.

En cas d'absence approuvée, le receveur ne pourra prétendre à aucuns appointemens jusqu'à son retour.

X I V.

Tout receveur qui désirera obtenir sa démission, sera tenu de la demander, par écrit, à l'administration, un mois d'avance ; et sur l'acceptation qu'elle en fera, il sera pourvu à son remplacement pendant le mois ; jusqu'à ce moment il sera tenu de rester à son poste.

X V.

Le receveur qui quittera son poste sans permission, aura de droit, non-seulement renoncé à sa place, mais il lui sera fait encore sur son cautionnement, une retenue de 5o francs.

X V I.

Il sera fait, par les administrateurs ou par des inspecteurs particuliers, qui ne seront connus que de l'administration, des rondes, tant de jour que de nuit à chaque barrière ; il sera dressé, contre les receveurs qui ne seront pas à leur poste, quel qu'en soit le prétexte, un rapport sur lequel l'administration statuera.

X V I I.

Les receveurs seront tenus de donner connaissance aux contribuables, des lois et arrêtés en vertu desquels ils percevront le droit. S'ils refusent de l'acquitter, les receveurs rédigeront contre eux procès-verbal, au nom des adjudicataire et administrateurs du droit de passe, lequel procès-verbal ne devra contenir que la vérité.

X V I I I.

Tout receveur qui sera convaincu d'avoir exagéré les faits ou circonstances, dans un procès-verbal contre un contribuable, sera non-seulement révoqué, mais les frais qu'entraînerait la procédure, lui seront retenus sur son cautionnement qu'il ne pourra réclamer qu'après le jugement définitif.

X I X.

Aucun crédit ne sera fait aux contribuables par les receveurs : ils seront comptables de toutes les sommes portées au registre.

X X.

Il ne pourra être fait aucune déduction du prix porté au tarif, quelles que soient les réclamations des voyageurs ; les receveurs sont personnellement responsables du droit à percevoir.

X X I.

S'il s'élevait une contestation sur la quotité du droit à percevoir, elle sera portée devant l'administration municipale ou l'agent de la commune ; mais dans le cas où leur décision paraîtrait blesser les droits des administrateurs, le receveur demandera, par écrit, l'arrêté de l'administration ou de l'agent, et les leur fera passer, sous le plus court délai, pour qu'ils aient à se pourvoir, s'il y a lieu, près de l'autorité supérieure.

X X I I.

Enfin, il est expressément recommandé aux receveurs, d'apporter dans leurs fonctions le zèle, l'énergie, la modération et l'honnêteté nécessaires pour la perception du droit.

Les administrateurs du droit de passe ne se dissimulant pas que le succès de leur entreprise dépend non-seulement de la fidélité de leurs employés, mais encore de l'exécution rigoureuse de tous les articles contenus au présent règlement, et de ceux qu'ils pourraient établir par la suite, ainsi que des ordres particuliers qu'ils pourraient leur donner, sont fermement décidés à prononcer le renvoi de tout receveur qui négligerait de remplir exactement ses devoirs, quelle que soit la gravité ou la légèreté de la contravention : c'est pourquoi ils ne peuvent trop engager tous les employés à s'en bien pénétrer, s'ils ne veulent encourir leur destitution.

X X I I I.

Le présent sera imprimé et affiché dans tous les bureaux.

A Châlons, ce 26 Floréal, l'an VII de la République française, une et indivisible.

Signé *PESME-TAUSSERAT*, *SERGENT-SALMON*, *WIOTTE*, *LEGRAND* et *VIOT*.

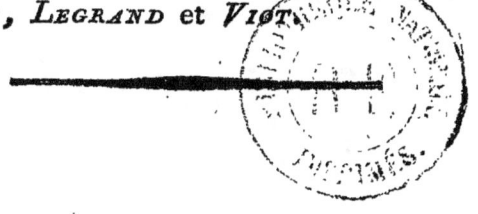